I0537399

ISBN: 978-0-244-25186-4

Copyright Eduardo Protto 2020

EDUARDO PROTTO

EL OBSERVATORIO

(Comedia)

EL OBSERVATORIO

Personajes
Nicolás: Presidente
Juan: Secretario
Pedro: Tesorero
Adela la Mucama
La Profesora
Aguado, el Bufetero.

La escena transcurre en la sala de la Comisión Directiva del Club Social y Deportivo Olimpo. Un escritorio, algunas sillas, estantes con biblioratos y expedientes. Un cuadro de algún prócer colgado en la pared.

Música: Schubert. Impromptu N° 4 en La bemol M. Op.90 A. Rubinstein.

Luz. Música: Ingresa la mucama con un escobillón, balde y plumero. Limpia la escena.

ACTO 1

ADELA: *Mira a su alrededor y en un aparte le habla al público:* ¿Quieren que les cuente una cosa? En este

Club todos miran para otro lado. Nadie planifica nada. Nadie se calienta por nada.

Son lo que se dice una manga de forros. Uno más inútil que el otro.

Hoy asume la nueva Comisión Directiva y nadie se acordó unos días antes de limpiar y ordenar la sala de reuniones. ¡Qué se van a acordar si tienen la cabeza limada! ¿Para qué se van a calentar? Si total estoy yo, el último orejón del tarro, para venir de raje a limpiar la mugre que se acumuló después de la muerte del presidente anterior. Por tres meses cerraron esta oficina con llave. ¿A quién se le ocurre? Como si fuera la caja fuerte del Banco.

Y entonces, a último momento, se despiertan y se acuerdan de acomodar esta cueva de cucarachas. *(Mira y ve una cucaracha. La pisa)*

¡La hacen fácil! ¡Adela, Adela! A ver si limpias un poco la sala de reuniones que a las 6 de la tarde asumen las nuevas autoridades. ¡Fijate que todo quede impecable!

El finado Argañaraz no tenía muchas luces, pero era un Presidente cumplidor, venía todos los días y tomaba mate aquí solito. Era un Inútil pero con asistencia perfecta hasta que estiró la pata. A los nuevos directivos los conozco de vista. Al fin y al cabo, aquí nos conocemos todos. Pueblo chico infierno grande.

El Presidente y los otros dos son empresarios y profesionales que les va bien. Padres de familia. Gente de la que nadie habla mal. (Como en secreto) Todos nacidos en cuna de oro. ¿Qué sabrán estos lo que es romperse el culo?

La verdad, no sé para qué carajo quieren ser directivos de este Club venido a menos. Debería llamarse Club social y deportivo Quilombo en vez de Club Olimpo. Pero no hay nada que hacer… Hay gente para todo.

Yo por mi parte, no veo la hora de mandarme a mudar de este sitio de mierda.

(Recoge sus cosas y se va)

APAGÓN

ACTO 2

Música. Luz. En escena, el Presidente leyendo el diario. Golpean a la puerta.

PRESIDENTE: ¿Quién es?

BUFETERO: El bufetero, señor.

PRESIDENTE: Pasá. *(Entra)* ¿Qué te anda pasando?

BUFETERO: Disculpe la molestia, Don Nicolás, pero tengo un problema…Le quería decir que el Buffet del club no va ni para atrás ni para adelante. No viene casi nadie y mi mujer me presiona para que me busque otro trabajo. Yo le quería pedir, si no se ofende, que me dé un laburito en su empresa, de cualquier cosa, yo no tengo pretensiones…

PRESIDENTE: *(Reflexivo)* ¡Así que el Buffet no anda che ¿Y cuánto hace que estás en el Buffet del club?

BUFETERO: Siete años, señor.

PRESIDENTE: 7 años… Decime Aguado… ¿Vos lo conoces a James Bond?

BUFETERO: ¿El de las películas?… …

PRESIDENTE: El mismo… El Agente 007… El que tiene licencia para matar…

AGUADO: Si… Sí. Si… Claro que lo conozco. Un fenómeno el 007…

PRESIDENTE: Te voy a ayudar a poner en marcha la cabezota… Imaginate que en este momento entra al club James Bond, el espía 007, acompañado por un minón de esas que él siempre tiene, se arrima al buffet y te pide un Martini agitado, no revuelto. ¿Vos que hacés?

(El bufetero lo mira estupefacto)

BUFETERO: Esteee...

PRESIDENTE: ¿Lo preparás o no?

BUFETERO: Bueno...Como decirle...

PRESIDENTE: Te lo digo yo...Vos no te preparaste para un porvenir con vacas gordas. Desde el punto de vista laboral, vos sos un tipo sin capacitación, sin posibilidades de aprovechar la menor oportunidad que se te presente. Vos como bufetero sos un inepto, el cargo te queda grande... Por eso no tenés éxito...

BUFETERO: Esteee.... Si... Lo que pasa...

PRESIDENTE: Lo que pasa es que vos, por tu incompetencia, por no saber preparar un Martini lo dejas ir a 007 y te perdés no solamente un cliente célebre sino un montón de dólares. Date cuenta cómo te desbarrancás por ignorar que un Martini al estilo de James Bond está hecho con vodka, ginebra, Vermouth

Lillet Blanc francés y cáscara de limón. Mezclado, no agitado.

BUFETERO: *(Derrotado)* ¡Qué lo parió! Tiene razón don Nicolás. Por eso mi mujer siempre me caga a pedos. Dice que no sirvo para nada. Ella me obligó a venir a verlo para pedirle un laburito en su empresa.

PRESIDENTE. Un laburito... ¡Qué ocurrencia! Tomatelás Aguado. Decile a tu señora que veré lo que puedo hacer...

Bufetero: Gracias Don Nicolás... Gracias.

Sale el Bufetero. Entran el Secretario y el Tesorero

PRESIDENTE: ¡Salud muchachos! ¿Qué se cuentan?

SECRETARIO: Todo bien Nicolás. El pueblo contento con las nuevas autoridades del Club.

PRESIDENTE: Contentos puede ser. Pero nunca sacaron un mango del bolsillo para mantener el Club a flote. Encima, el inútil del bufetero me vino a llorar miseria. Quiere que le dé laburo en mi empresa. Estamos rodeados de mediocres....

TESORERO: Son todos buscas. Nunca se preguntan qué pueden hacer por el club. Quieren saber lo que el club puede hacer por ellos.

PRESIDENTE: Indiferencia total. El único opositor activo es el farmacéutico.

SECRETARIO: Es un infeliz que siempre quiso ser Presidente del Club.

TESORERO: Se pensaba que iba a sucederlo a Argañaraz. Pero al viejo lo sacaron del sillón con las patas para adelante y nosotros le ganamos las elecciones.

SECRETARIO: Pero siempre existe una ley de las compensaciones. El farmacéutico no será presidente pero tiene una linda mina en la casa. En cambio nosotros...

PRESIDENTE: Gran verdad. ¡Qué buena que está la esposa! ¿Cómo una mujer así le puede dar bola a semejante salame?

TESORERO: Es la voluntad del Dios...

SECRETARIO: ¡Qué decís? ¿Qué tiene que ver Dios con todo esto? Le da bola simplemente porque tiene una billetera más grande que una valija.

PRESIDENTE: ¿En qué andará esa mina? Tiene una cara de pícara…

SECTRETARIO: Debe ser una geisha… Una máquina de dar placer

TESORERO: ¡De las mujeres mejor no hay que hablar, como dice el tango! Son un misterio insondable. Ni dios sabe lo que piensan.

SECRETARIO: El Tesorero está hecho un filósofo.

TESORERO: Hablemos de números…

PRESIDENTE: Está bien, vamos a laburar. (*Mira unos papeles*) Ché Pedro, tenés que revisar los saldos de la tesorería, evaluar el estado de las finanzas y ver con que contamos para empezar a poner el club en condiciones.

No puede ser que se venga abajo una institución centenaria. Nosotros somos la cuarta generación de socios y no nos vamos a quedar de brazos cruzados.

TESORERO: Mirá Nicolás, los números no tienen ningún misterio. La guita que entra es la de la cuota societaria, de los abonos de la pileta cubierta...

SECRETARIO: Que tiene la caldera rota y por eso no viene nadie...

TESORERO: Sigo: Ingresan abonos de la cancha de paleta, de la de tenis, por las bochas y por el papi fútbol. Agregále el canon del buffet y el alquiler del salón de abajo para una que otra fiesta berreta. La guita que sale es para sueldos, mantenimiento mínimo e impuestos. No alcanza para nada más.

SECRETARIO: Además, en la cuenta del banco no hay una moneda. Con esa realidad, a esta institución centenaria, como vos la denominás, no le queda mucha vida, a menos que...

PRESIDENTE: ¿A menos que qué?

SECRETARIO: A menos que arreglemos con Crisólogo el tema del escolaso.

TESORERO: Y entonces, con el porcentaje que nos daría por las apuestas en las mesas de póker, ruleta y pase inglés, podemos pensar en hacer un club de primera y pasar a la historia como la comisión que puso a la institución en el siglo XXI.

PRESIDENTE: Ojo Pedro. No te precipites. Tenemos que andar con cuidado ¿A ver si en una de esas el juego clandestino nos trae más quilombos de los que tenemos?

TESORERO: ¿Qué quilombos?

PRESIDENTE: ¿Qué se yo? La municipalidad, la cana, el director del pasquín pueblerino, el cura. Mirá que esos culos rotos son fatales. Viven de arriba gracias a los de abajo.

SECRETARIO: Tranquilo Nicolás…

TESORERO: Está todo fríamente calculado. Crisólogo tiene arreglado al intendente, al comisario, al cura, al zorete del diario y hasta a las viejas de la cooperadora del hospital. Todos recibirán una astilla de su negocio y se callaran la boca.

PRESIDENTE. ¡Que lo parió! Esta sociedad está podrida. Solo les importa la guita. ¡Venga de donde venga!

SECRETARIO: Vos tenés razón y Pedro también tiene razón. Hay que consensuar una solución digna.

TESORERO: Exactamente... Crisólogo es un capitalista de juego muy experimentado. No al pedo es millonario.

SECRETARIO: Explota la quiniela del pueblo, además de las timbas del Club Social de Arroyo Turbio y de dos pueblos vecinos. Financia las campañas políticas de los candidatos fuertes y todos comen de su mano.

TESORERO: Tenés que pensar con mentalidad empresarial, Nicolás.

PRESIDENTE: No es fácil. Una cosa es manejar el negocio que me dejó mi viejo y otra cosa es manejar esto que ustedes proponen. Ni más ni menos que un garito. Muchachos, entiendan que nos enfrentamos a la eterna lucha entre lo prohibido y lo permitido. La pulseada entre el orden y el caos...

TESORERO: Nada de eso. Nosotros no manejaremos ningún garito. Nosotros alquilaremos el salón del primer piso a un empresario del entretenimiento, quien lo acondicionará como si fuera un club inglés, con cortinas de terciopelo, muebles de estilo, aire acondicionado y luces difusas. Todo en orden. *(Le muestra unos planos y unos diseños)*

SECRETARIO: Pura actividad social. Le ofreceremos a la clientela un rato de merecido esparcimiento en un espacio cómodo y elegante. Lejos de las preocupaciones cotidianas, lejos de sus esposas y de sus amantes. En una palabra: Lejos de la mediocridad de este pueblo de mierda.

TESORERO: Y todo eso sucederá en el amplio y discreto espacio del primer piso del Club, rediseñado para ofrecer confort a la gente adinerada, dispuesta a hacer circular su riqueza en un ámbito refinado. Todo habilitado como corresponde.

SECRETARIO: Recibiremos a los chacareros, a los propietarios de los haras vecinos, a ganaderos, a matarifes. Todos hombres provenientes de las fuerzas vivas que vendrán a nuestro Club con las manos llenas de oro. Será un futuro venturoso para nuestra institución.

TESORERO: Llegará de visita lo que se dice "La crema de la pampa húmeda".

PRESIDENTE: Una crema rancia, pero crema al fin…

TESORERO: Al club le entrará guita a raudales. Es un proyecto fabuloso.

SECRETARIO: Ya hablamos con el bufetero. Está haciendo un curso acelerado de Barman. Vestido de smoking, estará a cargo del nuevo Bar, con la colaboración de media docena de jóvenes camareras venidas de la capital y vestidas al estilo de las conejitas de Play Boy. Ellas servirán tragos y canapés calentitos a los jugadores de cada mesa, según el sistema americano que pensó Crisólogo.

TESORERO: El Club Olimpo será una pequeña sucursal de Las Vegas.

PRESIDENTE: ¿Te parece? Me cuesta creer tanta alegría futura.

SECRETARIO: Dormí sin frazadas Nicolás. Crisólogo conoce el paño y lo tiene todo estudiado. Es un negocio rendidor como una mina de oro, sin tener que bajar al socavón y reventar en las profundidades de la tierra para juntar las pepitas.

TESORERO: Y todo sin ruido y sin joder a nadie. La actividad del club, los días de semana, no va más allá de las nueve de la noche y los sábados y domingos esto es un cementerio.

SECRETARIO: El horario de atención al público del emprendimiento recreativo, comenzará cuando el pueblo trabajador se vaya a dormir. La actividad se desarrollará de martes a domingos, a partir de las 23 horas y hasta las 4 de la mañana. Luego, cada mochuelo a su olivo.

TESORERO: Y cada uno de nosotros, en turnos rotativos, por las noches pasaremos a retirar el porcentaje, el cual servirá para reverdecer los viejos laureles de nuestro querido Club Olimpo.

PRESIDENTE: ¡Que lo parió! Este Crisólogo es una luz...

SECRETARIO: Nicolás, vos sabés bien que nosotros no tenemos fines inconfesables Nos conocemos de toda la vida. Somos gente decente. Somos las fuerzas vivas del pueblo. Jamás nos apartamos de la huella.

TESORERO: Solamente queremos lo mejor para este club tan venido a menos y a punto de pasar al frente con renovado prestigio.

SECRETARIO: No hay otra salida Nicolás. Es esto o el naufragio del Club. El presupuesto actual no alcanza ni para poner papel higiénico en los baños.

TESORERO: Mirá lo que es esta oficina. Un paisaje de decrepitud. Tenemos el deber de repintar los blasones de la benemérita institución.

PRESIDENTE: ¡Eso es verdad!

SECRETARIO: Y de paso saldremos de nuestras prisiones hogareñas en horarios antes impensados. Imaginá nuestra nueva vida: Laburamos durante el día en nuestros negocios privados y por las noches, en turnos alternos...

TESORERO: Nos ocuparemos de la recaudación del club y de otras cositas...

PRESIDENTE: *(Contento)* ¿No serán cositas disfrazadas de conejitas?

TESORERO: ¡Exacto! Hasta en eso pensó Crisólogo. Tendremos grandes alegrías a nuestra disposición.

PRESIDENTE: Este Crisólogo es un fenómeno. Y pensar que de pibes nos cagábamos de risa de él y del carro de su viejo, el carbonero.

TESORERO: Hoy Crisólogo es dueño de dos mil hectáreas de campo, llenas de vacas y sembradíos de soja.

SECRETARIO: Además de hoteles en Córdoba, Rosario y Tucumán.

TESORERO: Sin olvidar una docena de departamentos en la Capital

SECRETARIO: Decime Nicolás... Sinceramente. ¿Quién es el vivo y quienes son los boludos?

PRESIDENTE: (Pensativo) Está bien. Que así sea. Juan, vos sos escribano así que prepara el contrato. Que Crisólogo comience con las refacciones y ojalá que esta decisión sea la correcta. ¡Por el bien del Club Social y Deportivo Olimpo! Por mi parte, lo primero que haré será descolgar ese cuadro de mierda y poner en su lugar una pintura moderna.

Se estrechan las manos.

APAGÓN

ACTO 3

Música. Luz. El Presidente toma un café y mira satisfecho un cuadro que está en una silla. Entran el Tesorero y el Secretario.

PRESIDENTE: Salute la barra. Todo indica que hoy la comisión directiva sesionará en pleno. ¿Qué se cuentan?

SECRETARIO *(Señalando el cuadro)* ¿Vinieron los reyes Magos?

PRESIDENTE: Es el cuadro que reemplazará a ese *(Señala el viejo cuadro colgado en una pared)*

TESORERO: Todo marcha viento en popa. Crisólogo nos adelantó unos mangos para ponernos al día con los sueldos atrasados del personal y con los impuestos que debíamos.

PRESIDENTE: Y además, pagó de su bolsillo una caldera nueva para la pileta de agua caliente, la cual se instalará mañana. Pronto llegará el otoño y el agua cálida atraerá a mucha gente. También fue una pegada autorizar a la amiguita de Crisólogo para que dé clases de Acqua Gym. Eso dejará una platita suplementaria en las arcas del Olimpo.

SECRETARIO: ¿Se fijaron lo buena que está esa mina? Este Crisólogo sí que se la pasa bien…

TESORERO: No nos desviemos del tema. El Acqua Gym será un aporte, pero la guita grande comenzará a fluir en tres semanas, cuando finalicen con las refacciones del primer piso y se inaugure la sala de juegos. Están haciendo un laburo impresionante.

SECRETARIO: Restauraron los techos y los dorados de las molduras. Colocarán una araña de cristal impresionante. ¡Parecerá el casino de Montecarlo!

TESORERO: El piso de parquet está quedando una locura. El bar tiene un diseño de película. Tendrá estantes de cristal con más de doscientas botellas de licores variados y luces de ensueño.

SECRETARIO: Habrá tres pantallas de televisión gigantescas. *(Le muestra unos diseños)*.La barra será de madera lustrosa y medirá siete metros de largo.

Además del bufetero, que no sirve para nada, habrá un barman de calidad.

TESORERO: Me contaron que es un negro grandote, secundado por tres conejitas rubias, que oficiarán de ayudantes para servir los tragos.

TESORERO: Será lo que se dice un lugar recontra bacán. Whisky escocés, vodka ruso, ron cubano, oporto inglés. Cocktails caribeños… Las Naciones Unidas en la estantería

PRESIDENTE: Crisólogo me dio un buen consejo. "No hagas cambios en esta oficina, me dijo. Que siga pobre. Eso será un símbolo de la austeridad de la dirigencia que solo piensa en el progreso del Club". Estuvo de acuerdo en cambiar ese cuadro de mierda pero nada más. ¡Toda la plata para revivir al Olimpo!

SECRETARIO: Crisólogo es un águila. Divisa la presa desde las alturas y baja en picada hacia ella. La fachada del club la empiezan a pintar mañana con los colores originales que tenía cuando lo fundaron nuestros abuelos.

TESORERO: Y los jardines los diseñará un paisajista que vendrá de la Capital. Inclusive construirán de nuevo la glorieta que se vino abajo con el temporal del 85.

PRESIDENTE: La institución prosperando y todos contentos. Pensándolo bien... Este cuadro lo colgaré después de la inauguración de la sala. Como cábala.

TESORERO: Estamos condenados el éxito.

SECRETARIO: ¡Alguna vez tenía que sonar un tiro para el lado de la justicia!

APAGÓN

ACTO 4

Música. Luz. El Presidente sentado mira satisfecho unos papeles. Entran el Secretario y el Tesorero.

TESORERO: Salud Nicolás. ¿Te repusiste de la joda?

PRESIDENTE: Estoy fusilado. ¡Qué inauguración! Este Crisólogo no se anda con chiquitas.

SECRETARIO: ¡Qué manera de morfar y chupar! Parecía que estábamos en Hollywood...

TESORERO: Mirá que el salón es grande, pero no cabía más un alma.

SECRETARIO: Yo calculo que había más de trescientas personas.

TESORERO. La entrada del club parecía la de un palacio. Las luces, la escalera de mármol bien pulida, los jardines. No se descuidó un solo detalle.

PRESIDENTE: Vino gente de la capital y estancieros de cien kilómetros a la redonda. ¡Qué cantidad de bacanes! ¡Se olía la guita!

SECRETARIO: Y cuando Crisólogo ordenó abrir las mesas de juego, la turba se tiró en palomita para escolasear.

TESORERO: Y todos, medio en pedo como estaban, tiraban fichas en las mesas a lo pavote.

SECRETARIO: Y encima se les caía la baba con las conejitas. De alzados que estaban ni se daban cuenta de la moneda que apostaban en el tapete ni de las propinas que daban.

TESORERO: *(Le muestra una papel)* ¡Mirá la recaudación del primer día!

PRESIDENTE*: (Lo mira)* ¿No te habrás equivocado?

SECRETARIO: *(Riendo)* Quedáte tranquilo Nicolás. Este es de los pocos contadores que no saben restar. Solo aprendió a sumar. No deja escapar ni un peso…

PRESIDENTE: *(Vuelve a mirar el papel)* No lo puedo creer. Ahora sí que saco al prócer ese y cuelgo el cuadro nuevo. (Señala) Mañana ese fulano desaparece. *(Alzando los brazos al cielo)* ¡Se nos hizo la redoblona!

TESORERO: Y vas a ver lo que será a partir del martes. No sé cómo van a hacer para meter tanta gente. No sabés la cantidad de reservas que hay.

SECRETARIO: El personal está más que agradecido con el aumento de sueldo. Les cambió la cara a esos chismosos.

PRESIDENTE: Y la del bufetero ni les cuento. El chabón se puso las botas con la astilla que le pasa Crisólogo.

TESORERO: ¡Por la plata baila el mono! Yo opino, si no les parece mal, que hay que abrir una cuenta en algún banco de la capital. No debemos poner la guita en la cuenta del Banco Provincia del pueblo. Se pueden brotar cuando vean el platal que entra.

SECRETARIO: Bien pensado… Así no avispamos a los envidiosos y a los charlatanes.

PRESIDENTE. Tenés razón. Yo estoy de acuerdo. No hay que mostrar la moneda. Están acostumbrados a ver las finanzas del club por el piso y a sus directivos siempre administrando la miseria.

TESORERO: Si llegan a ver semejante cantidad de plata y la forma en que prospera el Olimpo van a empezar a conspirar y a maldecirnos.

SECRETARIO: Si señor. Mejor Prevenir que curar. Hay que depositar la torta lejos de la mirada de esos turros.

PRESIDENTE: Los conozco como si los hubiera parido.

SECRETARIO: Encima, no va a faltar algún hijo de puta que piense que nos quedamos con los vueltos.

TESORERO: *(Enojado)* ¡Acá nadie se refala ni una mísera moneda! Somos gente de bien y nos ganamos la plata honradamente.

SECRETARIO: Si señor. Nadie puede decir que llegamos al club con una mano atrás y otra adelante.

PRESIDENTE: Bien Muchachos, procedamos según lo planeado. ¡El Club Olimpo merece nuestros mejores esfuerzos!

APAGÓN

ACTO 5

Música. Luz. El Presidente cortándose las uñas con un alicate. Golpean a la puerta.

PRESIDENTE: ¿Quién es?

BUFETERO: Aguado, el bufetero...

PRESIDENTE: Pasa... *(Entra)* ¿Que se te ofrece?

BUFETERO*: (Servil)* Disculpe la molestia don Nicolás... Quería agradecerle, la posibilidad que me ha dado...Estoy aprendiendo las la recetas de todos los

Cocktails habidos y por haber, empezando por el Martini... por si viene James Bond...

PRESIDENTE: No hay nada que agradecer. ¿Algo más?

BUFETERO: Esteee... Mi esposa, don Nicolás...

PRESIDENTE: ¿Qué le pasa a tu esposa?

BUFETERO: Usted sabe... Ella es muy laburadora y me pidió que le hable, para ver si puede venir al bar del Casino, para darme una mano por las noches, no le gusta quedarse en la casa... Se aburre...

PRESIDENTE: *(Colérico)* A ver si nos entendemos Aguado... Ya de por si es un milagro que un salame como vos, que encima se llama Aguado, pueda servir licores en este Club. Se te paga muy bien por ser un inepto y en vez de darle gracias a Dios por nuestra de benevolencia, tenés el descaro de mangar un puesto para tu mujer. ¿Vos sos boludo o te hacés?

BUFETERO: Esteeee...

PRESIDENTE: ¡Esteee las pelotas! Si tu mujer se aburre, aconsejale que se entretenga haciendo una buena dieta. Debe pesar más de 120 kilos. *(Se pone de pie)*. Si la gorda sube una noche al primer piso del club y te ve a vos de smoking, acompañado por una docena de conejitas con el culo al aire, te da una paliza de Padre y señor nuestro y vas derecho al hospital. Y encima te quedás sin laburo ¿Me entendés Aguado?

BUFETERO: Si señor... Si....

PRESIDENTE: *(Enérgico)* Entonces... Hacéme un obsequio. ¡Mándate a mudar y no me rompas más las pelotas! ¿Captás? ¡Tengo las pelotas muy delicadas y si vos me las paspás, yo te echo a patadas! ¿Estamos? ¿He sido claro o querés que te lo dibuje?

BUFETERO: *(Asustado)* Disculpemé don Nicolás...Entendido... Tiene razón...Disculpe... Gracias... *(Sale)*

El Presidente mira para asegurarse que salió y con sigilo camina hacia la pared. Descuelga el cuadro nuevo y se pone a mirar por un agujero en la pared. Entra el Secretario.

SECRETARIO: ¿Qué tal Nicolás? ¿Estás por colgar el cuadrito?

PRESIDENTE: ¿Cuadrito? ¡Otra que cuadrito! ¡Se trata de una obra maestra! *(Señala el agujero).*

SECRETARIO: No te entiendo...

PRESIDENTE: (En estado de éxtasis) Lo que oíste. (Señala) Pero no una sola sino una colección de obras maestras. El museo del Louvre en vivo y en directo. La Venus de Milo, la Gioconda, toda la belleza clásica.

SECRETARIO: Tenés que aflojar con el chupi Nicolás, son las once de la mañana y ya estás en pedo.

PRESIDENTE: ¿De qué pedo me hablas? Vení, arrímate y echá un vistazo.

SECRETARIO: *(Se acerca sigiloso y mira. Luego alza los brazos al cielo)* ¡Dios mío! Alabado sea el señor. *(Se acomoda mejor, mira y cae de rodillas al piso)* Señor... ¡Gracias por este regalo que le envías a tus siervos!

PRESIDENTE: *(Mirando al cielo)* Nosotros servimos honradamente al club y él buen Dios nos recompensa de este modo...

SECRETARIO: *(Lo abraza y lo besa)* ¡Terrible hijo de puta! ¡Sos un canalla natural, enorme, magnífico y genial!

PRESIDENTE: ¿Qué me decís?

SECRETARIO: ¿A quién se le ocurriría hacer un agujero en la pared que da a las duchas del vestuario de damas? ¡Merecerías presidir una institución cien veces más importante que esta! ¡El Club Olimpo te queda chico! ¿Que no harías en el vestuario de damas de River o del Barcelona?

PRESIDENTE*: (Enojado. Se lo saca de encima)* ¿Qué decís pelotudo? ¡Yo no hice ningún agujero! Cuando descolgué el cuadro del prócer vi el orificio. Me llamó la atención y mire… Fue entonces que apareció ante mi ojo el jardín de las delicias, la cascada que baña con agua tibia las desnudeces de las ninfas de este pueblo pedorro.

SECRETARIO: Pero entonces… ¿Quién hizo el agujero?

PRESIDENTE: ¿Qué se yo? Algún pillo que nos precedió. ¡Yo no lo hice!

SECRETARIO: Por ahí lo hizo el finado Argañaraz. ¡Viejo hijo de puta! 27 años presidiendo el club. Con razón venía todos los días…

PRESIDENTE: Vaya uno a saber. Pero quien sea que lo haya hecho, realizó una obra artesanal. Estuve investigando. Del otro lado de la pared está el escudo del Club. La salida del agujero coincide con el punto negro de la letra i en la palabra Olimpo. ¡Qué creatividad!

SECRETARIO: Pensándolo bien, este agujero es como una especie de observatorio que permite observar los mundos, las galaxias, los agujeros negros del universo femenino. Vendría a ser como el observatorio del Monte Palomar en pequeño…

PRESIDENTE: ¡Otra que el observatorio del Monte Palomar! Este es el observatorio del Monte de Venus. ¡Benditos sean los Montes de Venus!

SECRETARIO: *(Se acerca y mira de nuevo)* ¡Santo cielo! Con que delicadeza se enjabonan, como acicalan el templo de Afrodita. Epa… Apareció la profesora de Acqua Gym, el minón que se come Crisólogo… ¡Que buena que está!

(El Presidente lo saca y mira)

PRESIDENTE: Uy uy uy... Qué maravilla... Muñequita linda... ¡Con que suavidad se frota con la esponjita. Eso, eso, haga espumita... haga espumita. *(Se vuelve y canta):*

> *¡Sube... sube... sube la espumita!*
> *Como si fuera una cervecita...*

Entra la mucama sin golpear y lo mira al Presidente, que pega un salto, sorprendido.

ADELA: Perdón señores, no sabía que estaban reunidos. Venía a limpiar.

PRESIDENTE: *(Enojado)* Estas no son horas de limpiar. ¿No ve que estamos ocupados? *(Cuelga el cuadro nuevo)*

ADELA: *(Compungida)* Perdonen... En todo caso vengo más tarde.

SECRETARIO: Eso es, vuelva más tarde, ahora estamos examinando las paredes para ver si merecen ser pintadas. Y acostúmbrese a golpear la puerta antes de entrar. Es una cuestión de educación. ¿Me entiende? Esto es una sala de reuniones, no una verdulería donde se entra como Pancho por su casa.

ADELA. Sí señor. Disculpen.

Se retira. Entra El Tesorero con un paquete.

TESORERO: (Deja pasar a la mucama y cierra la puerta) ¡He aquí la comisión en pleno! *(Los mira curioso).* ¿Qué pasa? ¿Algún quilombo?

PRESIDENTE: Varios quilombos. Esa paraguaya de mierda entra a la sala de reuniones como si estuviera en su casa. ¡Hay que establecer buenos modales y disciplina en esta mediocridad de Club que hemos heredado! Creo que hay que rajarla. Es una conspiradora…

SECRETARIO: Es una buena idea. Hay que rajarla para preservar el nuevo orden establecido. Servirá de escarmiento para la runfla que queda.

PRESIDENTE: Y al imbécil del bufetero también hay que darle el raje. Me tiene los huevos llenos. Todos los días con una boludez nueva. Hay que hablar con Crisólogo y que traiga un Bufetero como dios manda.

TESORERO: *(Lo mira al Presidente)* No te calentés. Yo me encargo del asunto. Y en otro orden de cosas... Ustedes, pedazo de haraganes... ¿Qué carajo están haciendo mientras yo me devano los sesos con los números?

SECRETARIO: Qué te vas a devanar los sesos vos... Andá a llorar a la iglesia...

TESORERO: Acá les traje facturas para tomar unos mates y así se relajan un poco...

PRESIDENTE: No me vengas con facturas. Vení, arrímate, mirá las masas finas y los bombones que te hemos conseguido... *(Descuelga el cuadro nuevo, mira por el agujero y empieza a las puteadas)* ¡Qué lo parió! Qué mala leche...Culpa de esta paraguaya entrometida se terminó la alegría. La bombita de crema de mis sueños desapareció.

(Mira a la pared con pesadumbre. Cuelga el cuadro)

TESORERO: ¿De qué se trata che? ¿Está jodida la pared?

SECRETARIO: Jodida y media...

TESORERO: (*Ampuloso*) No se preocupen. La hacemos arreglar, empapelamos todo y listo. Guita es lo que sobra. ¿Qué se piensan, que estoy dibujado? Quien les habla: El señor Tesorero, recauda a más no poder… Caballeros entérense: Ingresamos a una época dorada… No habrá más rajaduras en las paredes de nuestro club.

PRESIDENTE: Vení Tesorero. Acercáte y vas a ver qué pedazo de rajaduras tenemos. Otra que época dorada. Mira tranquilo y decime que opinás… *(Descuelga el cuadro)* Mirá, mirá por este agujerito que tiene el muro... *(Le señala el agujero)* ¡Mirá!

TESORERO: *(Se acerca desconfiado y mira por el agujero. Queda estupefacto)* ¡Carajo! ¿Qué es esto? ¿No es esa la mina de Crisólogo? Y está en pelotas… Dios mío… Que me quedo sin respiración…

PRESIDENTE: ¿Qué... volvió? *(Trata de apartarlo, pero el otro se resiste)* Pobrecita… Seguro que se olvidó el acondicionador del cabello y fue a buscarlo. *(A modo de arenga)* ¡Luche y vuelve! *(Le habla al agujero)* Cabecita loca… De todo te olvidas…

TESORERO: Dios mío… está totalmente en bolas.

¿PRESIDENTE: Y qué pretendés? ¿Qué se duche vestida? Abrí cancha que la suprema autoridad del club tiene que hacer sus observaciones y así tomar las mejores decisiones para esta noble institución. *(Lo aparta y mira)*

TESORERO: *(Se repone y protesta)* ¿Pero qué es todo esto Nicolás? Es impropio de tu cargo hacer este tipo de cosas. ¡Es un ultraje al pudor femenino! Un atropello al derecho a la intimidad. Un abuso, liso y llano. ¡Una inmoralidad vergonzante! Un acto delictivo…

PRESIDENTE: *(Mientras mira)* Oíme Pedro, no me vengas con tus argumentos de leguleyo. ¡Yo no hice nada! Al descolgar el cuadro del prócer para poner el cuadro que yo traje, descubrí el agujero. Eché un vistazo y ahí lo tenés. Vos lo viste. Es un observatorio celestial…

SECRETARIO: Conjeturamos que debe ser obra del viejo Argañaraz. El difunto presidente con oculta vocación de astrónomo. ¡Quizá fue él quien nos legó este mirador alucinante!

PRESIDENTE: *(Solemne)* ¡Qué Dios lo tenga en la gloria al finado! Un sinvergüenza mayúsculo y este observatorio que nos legó, no es ni más ni menos que una obra maestra asombrosa.

TESORERO: ¡Que observatorio ni que ocho cuartos! Debemos tapar este agujero nefasto y que nadie se entere. Que este barullo quede entre nosotros. En mi casa tengo cemento. Ahora mismo voy a buscarlo, lo taponamos y asunto terminado. ¡Aquí no ha pasado nada! No se puede poner en peligro la seriedad de la institución ni vernos nosotros envueltos en un escándalo. *(Se dispone a salir)*

PRESIDENTE: Un momento Señor Tesorero. Con todo respeto, le recuerdo que en esta honorable institución, las decisiones de la Comisión Directiva se adoptan por mayoría simple.

SECRETARIO: *(Ampuloso)* El Señor Presidente ha expresado como nadie el espíritu democrático que inspiró a nuestros socios fundadores. Se hace lo que deciden las mayorías. El espíritu de la democracia ateniense ilumina el espacio sagrado del Club Olimpo. Votemos las mociones y a otra cosa.

PRESIDENTE: Señores, se expone a la consideración de la Honorable Comisión Directiva la conservación o el taponamiento del Observatorio... Perdón... Del agujero, que en secreto fue perforado en la pared, no sabemos por quién y que se abre frente a las duchas del vestuario de damas.

TESORERO: Procedamos entonces. Mi voto es NO POSITIVO. ¡Debemos taponar ese agujero infame!

SECRETARIO: Creo que en estas horas decisivas, hay que votar con responsabilidad. En mi calidad de Secretario, me opongo a alterar el Statu Quo... Mi voto es POSITIVO. Lo cual significa que debemos conservar aquellas obras de nuestros predecesores en el cargo, en tanto y en cuanto no pongan en peligro la estructura edilicia del Club. Es un modo de respetar las tradiciones y honrar la memoria de aquellos preclaros visionarios...

PRESIDENTE: Acompaño con mi voto la expresión del Sr. Secretario. Es preciso poner en valor las obras de nuestros antepasados. Mi voto es POSITIVO. El pasado histórico, representado por el agujero, debe ser preservado.

SECRETARIO: Proceda al escrutinio Señor Presidente.

PRESIDENTE: Realizado el escrutinio, se comunica que por dos votos contra uno y por mayoría simple, se aprueba la conservación del agujero. Visto el carácter de la obra y la naturaleza del tema, quedará esta decisión en la privacidad de la Comisión Directiva y no figurará en actas. Se levanta la sesión.

APAGÓN.

ACTO 6

Música. Luz. Los tres miembros de la Comisión directiva sentados frente a la Profesora de Acqua Gym.

PROFESORA: Caballeros, le estoy muy agradecida que me hayan dado la oportunidad de incorporarme a la institución para poder ejercer mis conocimientos como Profesora de Educación Física, en la disciplina de gimnasia acuática.

PRESIDENTE: *(La mira con lujuria)* Señorita, para nosotros es un honor su incorporación y disfrutar tanto de su presencia como de los vastos conocimientos que usted posee. La hemos visto proceder, y notamos que su aporte es una gran contribución para alejar el sedentarismo, tan pernicioso para las arterias.

TESORERO: Es sin duda un aporte benéfico.

SECRETARIO: Así es. Un aporte benéfico para la salud de las socias y socios. No sabe cómo nos complace esa concurrencia bulliciosa y feliz.

PROFESORA: Así es. La respuesta del público, particularmente el femenino, ha sido excelente. Tenemos una gran cantidad de damas que se han anotado para cuidar su cuerpo y su salud.

SECRETARIO: Las hemos visto. Claro que as hemos visto…No se puede creer. Un éxito rotundo. Al fin y al cabo, los socias son el objeto de nuestros desvelos…

PROFESORA: Agradezco su comprensión. Pocos saben que la gimnasia acuática, comúnmente conocida como Aqua Gym, es una manera suave y fácil de realizar deporte, lo cual contribuye a mantener el cuerpo sano, relajar la mente y estilizar la figura.

PRESIDENTE: Lo sabemos, Profesora. Un cuerpo sano es algo que estremece. *(Se miran y asienten)* Nos sentimos felices de apreciar como la gimnasia acuática contribuye a mejorar los cuerpos.

SECRETARIO: Tal cual. Es un espectáculo maravilloso ver como mejora el cuerpo y el espíritu con esta actividad. El beneficio estético que se obtiene es innegable.

PROFESORA: Yo practico gimnasia acuática desde hace años y créanme que los resultados son excelentes. Yo, gracias a este deporte, estoy muy bien tanto de cuerpo como de alma.

SECRETARIO: Le creemos Profesora. Le creemos.

PRESIDENTE: Usted es un ser humano rebosante de salud y de mérito. Un ejemplo a seguir muy de cerca...

PROFESORA: Gracias. No quiero aburrirlos, pero el Acqua Gym tiene cinco beneficios probados:

* Aporta un beneficio físico y mental.
*Mejora la coordinación motriz y la agilidad.
*Mejora la condición cardiorrespiratoria y la circulación sanguínea.
*Mejora la digestión.

*Mejora la condición física endureciendo los músculos y estilizando la figura.

SECRETARIO: *(La mira)* Sin duda, sin duda... Los beneficios están a la vista.

PRESIDENTE: Nos sentimos felices de tenerla entre nosotros tanto a usted como a sus alumnas, tan saludables y llenas de vida. Señorita Profesora, la Comisión Directiva en pleno le agradece sus inigualables servicios.

PROFESORA: Gracias por sus palabras Señor Presidente. Si me permiten, voy a retirarme No deseo ocuparles más su valioso tiempo. Iré a prepararme para la clase. Muchas Gracias.

SECRETARIO: No hay nada que agradecer. Vaya, vaya nomás. Prepárese como corresponde, que nosotros seguimos de cerca su maravillosa tarea.

(Ella saluda y se retira)

TESORERO*: (Los mira con rabia)* Los niveles de cinismo a los que ustedes han llegado me ponen los pelos de punta. La miraban como si estuviera bajo la ducha.

PRESIDENTE: La miramos como personas agradecidas de los servicios que le ofrece al club.

SECRETARIO: Sabias palabras.

APAGÓN

ACTO 7

Música. Luz. El Secretario mirando por el agujero. Entra el Presidente.

PRESIDENTE: ¿Qué hacés fisgón? ¿Alimentando el espíritu?

SECRETARIO: Corroborando lo que sabíamos. ¡Las clases de Acqua Gym son un éxito! Más de 140 inscriptos. El 80 por ciento son mujeres. Hay dos turnos por la mañana y dos por las tardes. ¡Un espectáculo continuado digno de los cines de la calle Lavalle!

PRESIDENTE: Así es señor Secretario. De su boca solo salen verdades. Hemos hecho un negocio redondo para el Club y Dios nos ha dado este observatorio para los cansados ojos de la Honorable Comisión Directiva.

SECRETARIO: Temprano pasé por la pileta y advertí que es un hervidero de damas. ¡Se ha convertido en un espacio feliz, lleno de sirenas que enloquecen con su canto!

PRESIDENTE: Sin duda, como afirman los científicos, el agua permitió el milagroso origen de la vida y aún hoy lo perpetúa.

SECRETARIO: *(Mirando)* Y nosotros, los directivos del club Olimpo, alabamos ese milagro observando como cae el agua sobre esas criaturas admirables.

PRESIDENTE: Una visión casi mística de la delicadeza humana. Y pensar que el otario de Pedro quería taponar este agujerito mágico.

SECRETARIO. Siempre fue un pudibundo, un reprimido. Vive tironeado por el bien y el mal.

PRESIDENTE: Exactamente. Sus ideas, son el producto de todas las cosas que le metieron en el mate a lo largo de su infancia y de su juventud, la madre y sus cuatro hermanas mayores,

SECRETARIO: *(Mientras sigue mirando)* De casualidad no les salió medio raro.

PRESIDENTE: La verdad es que con las minas siempre fue un pavote.

SECRETARIO: Para colmo se le cruzó la hija del tano Di Paola, heredera de una flota de 60 camiones, brava como una leona, que lo casó y lo metió en la horma como si fuera un queso.

PRESIDENTE: Ahí tenés los resultados: Un hombre frustrado. Reprimido. Obediente como un monaguillo. Lleno de tentaciones encadenadas…Jamás una alegría…

SECRETARIO: Un prolijo insoportable. Lo único que tiene en el bocho son los números.

PRESIDENTE: Menos mal que nosotros lo equilibramos y lo contenemos en sus flaquezas. *(Trata de separarlo del agujero)* Bueno… A ver si aflojás un poco con el observatorio. Vas a agarrarte una conjuntivitis.

SECRETARIO: *(Se resiste. Echa un último vistazo. Agarra el cuadro y lo cuelga)* Será mejor si dejamos el observatorio para más tarde. Vamos a revisar el presupuesto para hacer la otra cancha de tenis.

PRESIDENTE: *(Ríe)* ¡Pará viejo! Dejame motivarme un poco para comenzar el trabajo con entusiasmo. Todos necesitamos adrenalina.

SECRETARIO: *(Incómodo. Preocupado. Se interpone)* Haceme caso Nicolás, deja la observación para más tarde y empecemos con el tema que nos ocupa. ¡Manos a la obra!

Entra el Tesorero.

TESORERO: Veo que están como siempre, ocupados en las cosas espirituales. Ustedes no tienen cura. Si no los quisiera como amigos de toda mi vida, los denunciaría por sátiros. Son un atentado a la moral.

(Se acerca al agujero, saca el cuadro y mira con atención. Se sorprende. Carraspea)

Ejem… ¡Qué lo parió! *(Incómodo)* Muchachos por favor… Hay que dejarse de joder con esto. Pongámonos a trabajar… *(Cuelga el cuadro)*

PRESIDENTE: Pedro, vos y tu moral acaban con la sonrisa de cualquier payaso. Corréte, fisgón de pacotilla. *(Lo aparta al Tesorero).*

SECRETARIO: *(Lo agarra)* Haceme caso, Nicolás, dejalo para más tarde… Pongámonos a trabajar. Tenemos asuntos urgentes…

PRESIDENTE: *(Enojado)* Dejate de joder con las urgencias. ¿Qué es esto? ¿Una ambulancia de la Coronaria? ¡Dame un minuto de felicidad carajo!

(El tesorero mira de nuevo, el Secretario lo aparta y se pone delante del cuadro como cerrando el tránsito)

SECRETARIO: Basta che. Terminenla. Vamos a trabajar.

PRESIDENTE: ¿Saben una cosa? Ustedes son dos cabrones egoístas.

SECRETARIO: Haceme caso. Más tarde mirarás tranquilo. Ahora a trabajar…

PRESIDENTE: *(Lo aparta)* No me vengan con boludeces… ¡Hipócritas! A ustedes les gusta el agujero más que a mí. Abran cancha. Una miradita y arrancamos. *(Los aparta. Descuelga el cuadro. Mira por el agujero y se pone tenso. Se agarra la cabeza.)* Juan, sos un hijo de puta... *(Mira de nuevo y lo encara al secretario)* No tenés compasión, carecés del sentido del honor...

SECRETARIO: Te dije que no miraras, que lo dejaras para después...

PRESIDENTE: *(Se le acerca y lo toma de las solapas)* Juan, te voy a cagar a trompadas...

TESORERO: *(Los separa)* Tranquilo, Nicolás, serenáte. ¿Qué te pasa?

PRESIDENTE: ¡No te hagas el desentendido! Pasa que cuando llegué este turro estaba mirando a mi mujer y a mis dos hijas en pelotas, enjabonándose en la ducha. Gozándolas como si fueran tres atorrantas. Y vos Pedro, también las miraste... ¡Turro! *(Trata de tirarle una trompada a Juan, pero Pedro lo contiene)*

SECRETARIO: ¡Te lo digo con todo respeto Nicolás! Fue una casualidad. ¿Cómo iba a imaginar que tu esposa y tus hijas estaban allí? Les clavé el ojo sin mala intención, me dejé llevar por la curiosidad.

PRESIDENTE: (*Cuelga el cuadro*) Este tema es un asunto terminado. Oportunamente te voy a ajustar las cuentas. ¡Pedazo de zorete!

(Sale)

SECRETARIO: *(Agarra una media luna)* ¿Tanto quilombo porque le junamos a las mujeres de su familia? ¿Qué culpa tengo? ¡Yo miraba por el agujero cuando ellas llegaron! Fue una ínfima ojeada. ¿Qué quería que hiciera? ¿Que llamara a los bomberos?

TESORERO: *(Saca el cuadro y mira por el agujero)* Las familia presidencial todavía está en la ducha. ¡Que las parió, qué buenas que están las hijas! Tienen un físico tremendo.

SECRETARIO: ¿La primera dama ya se retiró?

TESORERO: ¡Que se va a retirar! ¡Está retozando bajo el agua como una foca! Nunca imaginé que tendría las gomas tan desinfladas y el culo tan abollado. ¿Qué le pasó a esta mina? ¿La agarró el granizo?

SECRETARIO: ¿Viste? Tiene el trasero picoteado y todo desparramado. ¡Cómo se vino abajo! El tiempo se come cualquier pintura. Las que están creciditas son las nenas. Salieron pechugonas como la madre.

TESORERO: *(Sigue mirando)* Y sí. Son los limones perfectos de los 20 años…

APAGÓN.

ACTO 8

Música. Luz

(Entra el Presidente con un paquete)

PRESIDENTE: *(Los mira con odio y desprecio)* En el ejercicio de mis funciones, fui a la ferretería y de mi bolsillo compré un paquete de Poximix. Ahora mismo tapamos ese agujero de mierda con este cemento instantáneo y nos dedicamos a nuestras misiones específicas. ¡Haremos de cuenta que todo esto jamás sucedió! Ya revisaré oportunamente la calidad de nuestra amistad…

TESORERO: Con su permiso, señor Presidente, quisiera que el Secretario me confirme si la decisión de tapar el agujero puede ser tomada unilateralmente por la Presidencia o si los estatutos determinan que debe ser sometida a la evaluación y votación de la Comisión Directiva en pleno.

SECRETARIO: En efecto señor Tesorero, toda decisión debe ser tomada por el plenario directivo, democráticamente y por mayoría simple.

PRESIDENTE: Terminemos con esta porquería. Pedro, hace unos días, vos ya expresaste tu voto NO POSITIVO. El mío también es NO POSITIVO. Así que dos directivos contra uno estamos a favor de tapar el agujero. ¡Qué joder!

TESORERO: Señor Presidente, usted hace mención a votos emitidos en el pasado. En el día de la fecha se ha convocado a otra elección y en esta ocasión mi voto actual es POSITIVO.

SECRETARIO: Tomo nota...

TESORERO: He recapacitado y estoy en contra de tapar el agujero. Mi argumento no se funda en fugaces emociones sino en una serena reflexión. El agujero que nos ocupa no es ni bueno ni malo, es apenas un frío objeto inanimado. Es la mano (o el ojo) del hombre lo que corrompe o genera virtud en los objetos.

SECRETARIO: Coincido con el Tesorero. Lo que importa no es el agujero sino el uso que hacen de él los que miran. Así considerado, este sencillo orificio, carente de categorías morales, puede ser orientado por los humanos hacia la grandeza o hacia la bajeza.

TESORERO: Tal cual. Es el alma humana quien le da sentido moral al agujero. En tanto y en cuanto su utilización tenga una finalidad estética, un propósito ético, una intención poética, su existencia se dignifica y se justifica por estas funciones supremas del espíritu.

SECRETARIO: Funciones espirituales, absolutamente alejadas de la simple curiosidad erótica, propia de almas groseras y vulgares.

TESORERO: El agujero no tiene culpa alguna y debe ser respetado. Ignora que las cosas lícitas son insípidas; y que lo prohibido es estimulante.

PRESIDENTE *(Exaltado)* De eso se trata. De lo prohibido, ¡Mirar a la familia de un miembro de la Comisión Directiva, mientras están en pelotas bajo la ducha es un acto reñido con la moral! ¡La familia es sagrada!

TESORERO: No jodas Nicolás. Para vos la familia es sagrada cuando se trata de la tuya. Pero bien que por este agujero les miraste las partes pudendas a la mitad de las señoras y señoritas del pueblo y aledaños.

SECRETARIO: Admitamos que la tentación está en la naturaleza de las cosas. La única manera de librarse de una tentación es ceder rápidamente ante ella. Que haya calma, señores… Que cese la lucha entre lo Apolíneo y lo Dionisíaco.

PRESIDENTE: *(Se exalta)* Calma las pelotas. No me vengas con los dioses griegos. Un poco de respeto. Es todo lo que les pido…

TESORERO: Cuando el mes pasado me opuse y pedí respeto para la intimidad del prójimo, te me cagaste de risa y me trataste de leguleyo.

PRESIDENTE. *(Lo mira con odio y se dirige al Secretario)* Juan vos sos mi amigo de la infancia. (Posa su mano en el hombro de Juan) Vos entendés mi situación. Sé que tratándose de mi mujer y mis hijas, tu voto Será NO POSITIVO…

(El secretario calla y mira al piso)

PRESIDENTE: *(Malinterpreta el silencio)* Bravo Juan. Gracias. No esperaba otra cosa de vos. Enteráte Pedro. Estás en minoría. Dos contra uno…

SECRETARIO: Pido la palabra. Con todo respeto señor Presidente. No malinterprete mi silencio:

PRESIDENTE: ¿Qué decís?

SECRETARIO: Estaba reflexionando. Considero que el voto surge como expresión de la conciencia individual y no debe estar subordinado a consideraciones personales extra institucionales. Este agujero que por azar hemos descubierto, pareciera ser un legado de nuestros predecesores, cuyos objetivos aún no podemos precisar.

TESORERO: Exacto. Debemos estudiar los motivos profundos que llevaron a aquellos prohombres a perforar el agujero. No hay que precipitarse en el abismo de las emociones personales. Es preciso darle paso al minucioso estudio de aquellas intenciones.

PRESIDENTE: ¿Qué querés decir con todo ese palabrerío?

TESORERO: Quiero decir que es nuestro deber atesorar la herencia recibida y aceptar la obligación de meditar acerca del enigma que propone el agujero, según mi parecer, de por sí elevado a la categoría de Observatorio Natural.

SECRETARIO: Acaso este Observatorio sea un silencioso mandato para conocer el arcano de la naturaleza humana. Una lejana invitación venida del ayer, para que de un modo sutil, nos acerquemos al misterio de la condición femenina. ¡Tenemos que permanecer unidos Nicolás!

TESORERO: Sabias palabras... Hermanados en el porvenir.

SECRETARIO: El agujero podría ser un valioso observatorio de la compleja identidad del género femenino, de su misterioso potencial creativo y reproductivo. ¡Estudiar a la mujer como abrigo y perpetuadora de la especie!

TESORERO: *(Solemne)* Todo indica que de modo imprevisto e involuntario se nos ha impuesto la responsabilidad de proteger este legado, para que pase intacto a las generaciones futuras, de modo tal que ellas, acaso con más lucidez y sabiduría que la nuestra, descubran con qué propósito fue creado el Observatorio y decidan qué hacer con él.

PRESIDENTE: Juan… Te lo pido por favor, decime… ¿Cuál es tu voto?

SECRETARIO: Mi voto es POSITIVO para la conservación del Observatorio. Nada más que agregar a lo dicho. Por mayoría simple el agujero se respeta y se conserva.

PRESIDENTE: *(De espaldas al agujero, lo tapa abriendo sus brazos)* ¡Hijos de puta! ¿Van a seguir junando a mis hijas y a mi mujer?

TESORERO: No personalices la situación. Somos inclusivos. Miramos a las damas, sin hacer distinción de clase, ni de pertenencia, ni de fortuna. Es voluntad superior. Si la Providencia quisiera evitarlo, las haría duchar en su casa.

SECRETARIO: Nicolás… Confiá en el tiempo que lo arregla todo. Dejá que trabaje la fuerza de las circunstancias.

TESORERO: Está Claro… El agujero ya estaba ahí y nosotros circunstancialmente estamos aquí. Es lógico pensar que podría tratarse de un plan desconocido. Nosotros no somos otra cosa que los instrumentos de ese plan. Acaso sea una señal ignota que no debemos soslayar.

TESORERO: Los caminos del señor son inescrutables.

SECRETARIO: *(Lo aparta y mira por el agujero)* Todo pasa y todo queda… Pero vos quedáte tranquilo Nicolás, tu familia ya se fue. Tranquilo… *(Lo invita amablemente),* Acercáte. Verás algo sorprendente…Un Observatorio Natural para aportar la luz del conocimiento científico a las mentes simples. Los tres debemos ser una sola voluntad al servicio del conocimiento.

PRESIDENTE: ¡Dejame de joder, canalla! Tan luego a mí, me venís a hablar de la ciencia.

(El tesorero se arrima, mira por el agujero y alza los brazos al cielo)

TESORERO: Dios mío… Dios mío… No me dejes ciego en este momento. Veo la luz…

SECRETARIO: *(Toma del hombro al tesorero, amablemente lo aparta del agujero y mira)* ¡Que revelación maravillosa! *(Solemne)* El fruto de la ciencia estaba prohibido en el Paraíso, pero Adán se rebeló y mordió la manzana.

TESORERO: Es la naturaleza humana que se alza contra lo prohibido.

SECRETARIO: Así es…

TESORERO: *(Con aire profesoral)* También Galilei Galileo Galilei miró al cielo y tuvo que abjurar de la visión heliocéntrica del mundo ante el tribunal de la Santa Inquisición. Pero al irse dijo en voz baja: *EPUR SI MUOVE.*

SECRETARIO: Así es…Hay algo sublime en la transgresión…

PRESIDENTE: ¡Vade Retro Satán!

(El tesorero y el Secretario lo toman de los brazos y lo acercan al agujero. Se resiste)

SECRETARIO: Calma amigo. Calma… Acercáte y observá el arcano…

PRESIDENTE: *(Se opone pero luego cede y se acerca receloso. Mira por el agujero.)* ¡No se puede creer! *(Les explica)* La esposa del farmacéutico está bajo la ducha enjabonando a la esposa del intendente. *(Vuelve a mirar)* Carajo...Se besan. Ver para creer... ¡Se ha formado una pareja! *(Se desploma en una silla)*

TESORERO: Alá es grande y Mahoma es su profeta. Hágase su voluntad y que haya paz entre sus fieles.

El Secretario se acerca y mira.

SECRETARIO: El amor no reconoce límites. ¡Cuánta belleza! Dos estrellas que rompen la fatalidad de sus órbitas.

Golpean la puerta. Nadie escucha. Entra la mucama y los mira entre sorprendida e indignada. Ellos ni se enteran.

El Presidente se levanta de la silla y desplaza al Secretario para observar. Mira y luego canta:

Sube, sube, sube la espumita
Como si fuera una cervecita

Se vuelve a público, eufórico baila y canta, mirando al cielo:

Sube, sube, sube la espumita
Y mi corazón, palpita, palpita, palpita
Súbitamente entra la mucama.

ADELA: (Carraspea) ¡Señores!

Todos quedan paralizados por el terror.

APAGÓN. MÚSICA.

LUZ

La mucama sentada tras el escritorio, tomando mate y los tres directivos barriendo y pasando el plumero mientras ella les señala los sitios mal limpiados, canta mientras ceba...

Sube, sube, sube la espumita...
Como si fuera una cervecita
Y mi corazón
Palpita, palpita, palpita

APAGON.

MUSICA: *Carlos Argentino. La Espumita.*

FIN

www.ingramcontent.com/pod-product-compliance
Lightning Source LLC
Chambersburg PA
CBHW071208130626
46555CB00004B/1623